アッシャーの湖

対馬隆のための鎮魂歌

The Lake of The Ushers

渡辺信二

Watanabe Shinji

松柏社

アシャーの湖　対馬隆のための鎮魂歌　目次

I 対馬隆がうたう

II ゆうこのために

III　魂は鎮まるか

IV　なお鎮魂を

I　対馬隆がうたう

01　ぼくの使命

ぼくが死んだ
確かにぼくが8年前に死んだのに
なぜ今　渋谷駅のエスカレーターで
君たちと行き違うのか

何かに忙殺されて　君たちが
ぼくを忘れている現在
君を忘れず　ぼくのほうから
頼まれない祈りをするので
気疲れしているようだ
あるいは　少し気が狂っているようだ

最も大切なのは　日々の暮らしを支えて
ヒトトハ　所詮　ドコカラ来テ
日々の暮らしにでしゃばらないこと
ドコへ行クノカ

ぼくは　飛べないグズ鳥
死んでなお　安寧を求めず
ぐずぐずと　ここに姿を表す

酷いこの世を改めるのではないが
憑くべき者を求めてきたのではないが
それでも　ぼくの使命などもはや　ないのだろうか

02　あの雨は降らない

ぼくは　この世に思いを残す者
かつては詩人　木下渉　と名乗った
あの女の優しい言葉を屈辱と思い
不在の者たちをいつも尋ね歩いた
それを不幸な人生だったと　誰が言う
そもそも人は　幸福のために生きるのではない
ぼくは　死んだ父母の願いを体現し
「降神」の儀式に立ち会った

晴天ニ　ワガ言葉　雷トナッテ
オマエタチヲ打テ
オマエタチ　大地ニ　引キ裂カレルガイイ

一瞬の啓示が空の青さを
今際の形に示す

なお生に執着し
懺悔を知らぬ者たち
2千年前キリストの血を洗い流した　あの雨が
ここに降ることはないと　おのれよ
どうか　預言し給え

*木下渉は、第19次『新思潮』で活躍した詩人。『反生』（東京：七月堂、1982年）という一冊の詩集を残して2002年、この世を去った。享年52歳。

03　巫女が嫌いです

七五三のとき　赤白の袴姿が現れて
「おまえは　水と土にまみれて
死ぬだろう」と告げる
——あれ以来　巫女が嫌いです

巫女とは　口寄せ　神に取入り
神にせせられ　神連れ　各地をさまよう——
正月ともなれば　神はばかりのまえで
あられ踊りの荒稼ぎ

高ぶりたもう神たかぶらかす

「あなたが命／あなたの命」
今では蝶々さんみたいに　英語もできて
「新しい日本の親善大使」とＮＨＫの人気者――
時には密かに泥人形に　呪いを掛けられ
ほんとに　水と土にまみれて死ぬんだろうか

04　あの金木犀

30年前のあの日　ぼくの美佐子がバス停を降りると
いつもは　さよならって言うのに
その日に限って　ぼくをじっと見つめて
そして　隆くん　わたしを好きなの
好きなら好きで　どうして
わたしを滅茶苦茶にする勇気がないのって
聞くんだよ　ぼくは　唖然として
いやになってしまった
だってそんなつもりで付き合ったんじゃないから
遠くから心を掻きむしる美佐子が好きだったから

あの日に匂う金木犀から
さようならの手紙へと　真直ぐに繋がっていった
アイツ結婚シタラシイと聞いたのは　半年後だった
強がりじゃない　別段　美佐子はもういい
だけど　あの匂いが今もなお
嘔吐を引き起こすのが辛い

05　祖父の苦瓜：K君へ

裏庭できまって苦瓜を育てた祖父が
ぼくが近づくと　顔を上げ　叱る
「其処を踏んじゃあいかん」
見れば足下に　青い小さな葉があった

小学生の頃　よく戦争の話を聞いた――
「杭州じゃあ野原の草を千切って噛んだ
泥の味がした　敵に襲われて
太腿に一発撃ち込まれた…」

ついにすべてが許されるのは

過去のせいか　老齢のせいか――
進路を相談するため　裏庭に祖父を探した時
祖父は　もはや　とても優しい声だった

いや　恍惚と言うのは止めてくれ
祖父は　神と対話していた
裏庭は　いまもなお　祖父の言葉を記憶する
「どうだい　この苦瓜は　甘いだろ？」

06　心の窓を開けると

鬱々としてこの世に交わらず
おのれを責めてばかりいた頃
たとえ人と話をしなくても
窓でもあれば　外の見晴らしがいいし
さわやかな風も入ってくるだろう
そう思い立って
心に窓を開けることにした
バイパス手術みたいで
ちょっと痛かったけど
ついに完成

さあ　開けてご覧

ええ　開けるよ　開けるよ
ぼくの心の窓を開けるよ

開けると見えたのは
壁　壁　壁　壁
おのれの鬱血を浴び　どす黒く乾いた壁でした

07　世間から離れて

窓枠が　歪み
すきま風が　吹き込む
目張りのビニールが　ぴらぴらと音たて
空が曇る　夜半には雨だ

おれたち　暗い裸電球の下
怒り　呆れ　愚痴って
くいくい焼酎をあおる　くだらない
くだらないと叫び　良い詩も書けずに　終わっていった

風が強くなり　ひゅーっとすきまが唸る

灯りが消える
ふん　停電か

神棚から蝋燭を取り　火を点す
部屋の空気が湿って重い
とうてい爆発はないだろう

08　研ぐ

外　暗く
雨　音立て
トタン屋根を叩く
蓄えも僅かになった

おれたち　陽の目をみない生活を
山里で送り始めて
既に3年
世に入れられず

世をすねて

日雇いに身をやつし
濁酒《どぶろく》を呷る毎日
隣に女が胸をはだけて寝ている
最後の一滴を嘗め
砥石を出し　刃を研ぎ始める

09

無数の命が青空に吹き飛ばされて散乱し
一瞬たゆたい
　それから　ゆっくり落下する
　　断片に分かれ　軽く　光を反射して
　　　なお　きらきらと落下する
それをなぜ　ぼくら　受け止めず
傍観するのでしょう
やつらの為すがままに
ぼくらの望みを忘れ
他者の苦しみを見ず知らず
このまま　空や鳥や海　魚たちの

失われる儘に放置する
全てが奪われてなお　ぼくら
この世界の傍らに立ち盡すだけです

10　この酷薄な時代：3つの14行詩
エイハブの寡婦が語る

1

よく尋ねてくださいました　イシュメールさん
あなたが生き残っただけでも幸運でした
ええ　ピークォッド号の乗組員全員が
良き仲間だったのですね　皆さんが夫の意思を
共有したとは思いませんが
白鯨の上で死ぬエイハブの微笑みから
何を苦しみ　何に挑戦し　何を確かめたのか
いかなる答えを得たのか　解ってくれたでしょう

捕鯨船は　ただの悲しみではありません
たとえひとつの泡にも　真実が宿っています
たとえ人生観が違っても　これをよすがに
魂の救済を共有したでしょう　けれど　あなたがた以外の誰が
この世の酷薄な真実を知るでしょうか
知ってなお　誰が海を見つめ　波を見分けるでしょうか

2

翻って　わたしは　町の人びとを哀れみます
数知れず広告が流れ　商品が浮かんでは消えて
何も残らず　何も大切さのない時代
巨大な空白に吸い込まれ
腐敗を見ず　腐臭を嗅がずに
ほら話や物まね　バンジョーに明け暮れて
金に狂い　金メッキに騙されて　楽しければ良いだけ
それが　わたしの仲間　わたしの同胞なのです

今何を大理石に刻むのですか
どの文字をパッチワークに編み上げるのですか
祈りを知らない彼らに尋ねても　せせら笑うだけです
おのれの貧しさを知らず　悲しみを知らず
したがって　本当の喜びを知らず
ただ下卑て笑い　時間を消費してゆく

3

ええ　あなたのおっしゃる通りです
わたしたち　実は　いかなる時にも
酷薄な生に晒され　残酷な死に直面しています
でもむしろ　その認識を生きるなら
わたしたちの言葉のことごとくが
逆に　この世の歪みと邪さを打ち砕く
正しい言葉となるでしょう
真摯に　おのれを捨てねばなりませんから

――あ　そうですか　イシュメールさん
これから　ベッドフォードの教会に出発ですか
きっと　クィーケグさんもピプさんも見ています
ええ　ごきげんよう　祈っておりますとも
どうか　良き牧師ではなくて
正しき牧師となられますよう

11　海辺の墓地にて

始源と終末　あるいは
無数の泡と泡の間に
生成し消滅すべき一人として
これまで　おれは　何を生きたか

気づいた時は　既に生まれていたと
選ぶにも拒むにも遅すぎて
それゆえ　何も出来なかったと
それがおれの言い訳か

おれたち　そもそも　小さき者である

すべては　刻々　初めての時である
海草が　若芽の先から気泡を海面へ弾く
そのように　心を突き上げ　突き破るもの
それが　微かでも　おれにはあるか
海辺の墓地に　頭を垂れたまま　時が過ぎる

Ⅱ ゆうこのために

12　ゆうこ讃

ゆうこが時折　おれたちを訪れ狂わせる
時には拒み　時には苦しめ
しばしは　２児の母
しばしは　オフィスレディ
そして　不意に　セーラー服姿に変わる

ゆうこは　病死し　自死し　事故死する
しかもそれはただの現象
一時的不在にすぎない
おれたちのほうがむしろ　欠落なのだろう

ゆうこの短い命を思い　何故ニ死ヌ
だいだい色に染まった西の方へ　何故ニ死ヌ
押し殺した叫びを挙げる　何故ニ死ヌノカ

それとも　おれたち　いつかは詩の中で
ともに永遠を見ることができるのだろうか

13　9月に逝く者へ

森に入れば
光がおまえを追って
きらきら　戯れる
川沿いを歩けば

雲が　くいくい流れ
野原を渡れば
ときおり　風が激しく
おまえの身体を揺する

いいね　たまにはハイキングして

不意に現れるお寺には
御朱印帳も用意して
諦めきれぬ夢の成就を　おれたち
共に誓った
　　あれは　辰の年
その9月　おまえは逝った

14　花の精

おれは二度　花の精を見た――
「あと6ヶ月」と診断された病院からの帰り道
おまえを正視できずに
メトロの窓ガラスに映る姿を盗み見た

そのとき　おまえは　ほの暗いガラスを背景にして
まるで　古代ローマ女性のテュニカ姿で
ぼんやり白く青く　ふわりと浮かぶ妖精だった
――首元がぽつんと赤かった

二度目は　花に埋まった死化粧のおまえに

白くて青い姿が　重なるように
ふわりと浮かんでいた
赤い口紅を差した唇は　今にも花開きそうだった

おれは　もう一度　あのメトロに乗って
時間をさかのぼりたい
あれは　花の精を乗せたまま
今でもごうごうと　暗闇を突き進んでいるのだろうか

15　羽ばたき

とうとう鳥になれなかった
そう言って　泣いたね　ゆうこ
「ここ　切ってもらって　このぐりぐりが
わたしたちを離ればなれにする」

恨んでも恨みきれない　けれど
いったい　誰を恨めばいいのか
どうして　おまえがこういう定めなのか

喉元や肩口のぐりぐりが　おまえの声を奪い
おまえの夢を消し

おまえの羽を捥いでしまった
キリスト教徒ならば「なぜ見捨てたもうか」
と　神に怒りと悲しみをぶつけるだろう
おれたちだって　おまえの復活を信じたかった
せめてもう一度　おまえの羽ばたきを見たかった

16　最後の新宿

白い壁　白い床　白いシーツ
そして　白い手術着　その白尽くめの中に
おまえの顔が　うす紫に浮かぶ

おまえは　最後に首を左右に微かに振った
それが　この世への別れか
あるいは　未練か　尋ねることが出来なかった

まなざしを交せば　心が通じ合い
言葉を交せば　愛が確かめられる——
そんなことは　とうに知っている

知っていて　とうてい　できなかった
もはや　丸い涙の形で　露が
タンポポの袖に結ぶことがない　その上に光るべき
葉も見つからず　あとはただ
ヒールの絶え間なく打ち叩くこの新宿の舗道を
ひたすら　ひたすらに歩くだけです

17　夕顔の鎮魂歌

どこを見ても
何を聞いても
あまねく　あの人ばかりだ
なのに　あの人がいない

夕方は　見知らぬ女に　ゆうこかと尋ね
夜は　畳を掻きむしって　ゆうこを探す
朝は朝　黄色く白く　紫に咲き誇る
花ばなを　可憐さゆえに憎む

昼ひなか　突然叫ぶ　突然走る

おれが鎮めねばならぬ魂は
おれのほうなのだ

夕顔よ
狂わば狂え
狂わずば　何をよすがに生きよというか

18

辛抱したって　花の咲く訳じゃない
どうせ　おれたち　辛い
おまえの居ないこの世を
どうして　生きねばならぬのか

遠くを慕って真夜中に　のそっと
布団から這い出して
位牌のむこうに何があるのか
覗いてみたりする

命ある限り　おれたち

何かを探して這いずり回る
おまえ　仏壇に潜んでいるなら
ときおりは　姿を見せてくれ

おれたち　朝になれば　すっかり
空元気　何も無くても生きてゆくから

19　一周忌

何を見ても　何を聞いても
心の震えることがなかった
湿って　じくじくしてて
いつも　おれたちに向かって
倒れこむように　日が暮れてきた

本日　一周忌が終わる
そのせいか　その夕暮れのせいか
たとえ今が　あれはたれ時であっても
もう　見間違うはずがない

分かった　分かったのだよ　ほんとうに
おまえがいないと分かった　だけど
ほんとうに今日はいい夕焼けだと
おまえに言いたい

だって　暗闇に沈む夕陽が
新宿高層ビルの窓という窓を真っ赤に染めて
この世のものを遍く
掬い上げようとするのだから

20　遠いおまえ

おれだって　若いニーチェのように
鳶色の夜　ゴンドラに乗って
遠くから聞こえる歌を
おまえと一緒に聞きたかった

それは　金色の雫が　ときおり　風に舞い
小舟やカンテラ　リラの音が混じり合う頃
きっと　おれたち　互いの魂に浸されて
目に見えぬ手に　かき鳴らされただろう

ほんとうにそうだったならば

おれたち　きっと
喜びに尋ねるだろうね
この魂の歌に耳傾けた者が他にいただろうか　と
なお今も　思い　強く激しく
遠いおまえを　取り戻したいと願う

21　後ろ姿：『風立ちぬ』にならって

5年前　おれたち　秋の森に入って
ゆっくり散歩していた
森は　絶えず木の葉を落としていた
枯れ葉がかさこそと鳴る

おれは　ときどき　立ち止まって
おまえを先に歩かせた
それはただ　おまえの後ろ姿を
よく見たかった　それだけ

それが　はたして　おまえの死を

予感していたのだろうか
ただ　ただ　おまえを後ろから
抱きしめたかった　それだけなのだ

それだけの　あの小さな思い出が
今もなお　おれの心を締めつける

22　おまえの不在

今なお　おれが　ここに生き
あの人が　今ここにいない衝撃

思い出すのは　5年前
あの人を「今生の訣れ」でうたったとき
「この人って　あたし?」と聞かれたが
おれは　言下に否定した　なぜなら
特定の女性を想定していたのではないから

しかし　逆だった――
たとえ肯定しても　あの人は「え　だけど　今生、って?

あなた　この今だけを信じる訳じゃないでしょ」
と　笑顔で応じただろう
できれば　その笑顔を見ておきたかった

吹き荒れる風の納まること無く
舞い上がる塵の鎮まること無く
我が魂はなお　逆さのままに　揺れている

23　おまえの舞姿

夜毎　わが夢に現れる
黒い瞳　黒い髪
おれへの呪縛のような
白いからだ
そこに流れる赤い血が
空と地を繋ぎ　世界をかえして
激しく震わす命
太陽さえ奪う微笑み

項が　しなやかにのけぞり
肩は　皮を剥かれた白い桃

肢体が　風を起こして
2本の小枝に交わり
たゆたい　膨れ
くぼんで　溢れ
ふいに　ふたつの大枝へ流れゆく

ついに　爪先が虚空を割って
舞いながら　おれの定めを示す
夢に死ぬ
おれは　夢に死ぬのだ　と

ああ　おまえのしなやかさよ

24　反歌　今生の訣れ

あなたは罪の子　わたしは汚れの子
ともに許されるはずがなく
手に手を取り合うこともなく
伏し目がちに別れてゆくのです

会わなければ良かった
とは　でも決して　言いません
悲しみは　ひとときのこと　長く続くわけがなく
また　悲しみ無しに　人は　生きてゆけません

喜びは　必ず　その先で知る

耐えてこそ分かる
さあ気を取り直し　髪を掻き上げ　手を振って
元気に手を振り　別れましょう
あなたに会えて良かった　ほんとうに
会わなければ良かったと思うほどに

III　魂は鎮まるか

25　全てに時がある

3月10日　早朝から久しぶりに晴れ
今なお寒く
シベリアは　いつまでも静かだ

今は仙台の昼
お姉さんが夜　ウナギを食べに来てと言ってました
私は　これから少し休みます

今は曇りから雨に変わる　那覇
午后から雨読す　はは　から　ふう　まで
百科事典を手にして　思いに耽る時

今は暮れなずみ
まだ目覚めない妻を求める

前兆はない――　熊のなお眠る時
夕刻の雪の時　明るい光が暗く降り積もる時
知床で　キタキツネの子が雪原を走るだろう

26　再訪

いらしているのは　どなたですか？
ほら　あの方です
えっ？　あの方は
永遠の方へ戻ったのではなかったですか？
夜明け前　朝の生まれる前に
太陽と大地の交わるほうから戻って来ました
なぜ　帰っていらしたのでしょう？
みずからの半身を探すため
この地で　その半身に
昼の光が入り込むさまを知るためです
そうですか

それで　見つかったのでしょうか？
今でも探し続けています
もう　夜ですよ
愛とは言いませんが
あの方にして　なお
いつまでも忘れられないのでしょう

27　空のつぶやき：ＴＷＩＴＴＥＲから

「放射能が赤い色だったら」
ハンドルネームＡＫＡＩ ＳＯＲＡがそう呟いた
「そしたら　燃えるような赤い野原や
赤い森があちこちに見えるだろう」

世界の日没──

「野原や森だけでなく
すべてを染めたならどうしよう？
この家も身体も手も髪も
かたわらの子が流す涙も」

同じ呟きが　ツェランから聞こえる
「あの光　甲虫の世界が
ぼくの手の傍らを落ちてゆく
ぼくの友だち　ぼくの眠るものたち——
ぼくの赤い国は　どこへ傾いてゆくのだろうか」

28
湖

死んだ黒猫ばかりが
今この湖に　音なく　浮かぶ
くしゅくしゅ　ふやけた身体が
血も無く　涙も無くて

いつまでも続く
枯れた緑
枯れた樹
枯れた森
背後の静けさ

人を動かすのは
正しい記憶ではなく
傲慢な欲望であると言ったのは
誰だったっけ――

人の思い出を湖に沈めながら
なお　その人との生活を思うのか
既に　爪先から崩れ始めているというのに

29　天気雨

以前はまだ　おれたち　澄み切ったほんとうの空
5月　国道252号線の水沼橋を渡って　左折
川沿いに　上りの坂道を　400〜500m走ると
先の緩やかなカーブが右左に分かれる
その辺りに路駐し　右に200mほど歩き
左の林に入る　けもの道がある
腰を屈め　鈴を鳴らして

45分ほど道を登れば
ふいに視界が開け　只見川と鉄橋　そして
蒸気機関車の走る絶景撮影スポットでした

時折　水面をあや織りに　風が走った
そこがお墓のそばだと気づかずに
空を上にして下にして
二人で野原をはしゃいだ
時たま　気難しい天気雨が降りました

30　さらば　千手観音

あの津波を見ましたか
すべてを破壊し　水をもたらし
結果　絆を強める　そういう逆説を信じろと
今なお　言うのですか

仏師湛慶ならば　あなたに　あと二手加え
右手に化仏　左手に宝戟を与えて
なおも祈るに違いない

わたしは　けれど　祈れない
今　なぜに　涅槃が要りますか

わたしに相応しいのは　修羅道
それこそが　死に損ねた者の道です

見つめないで
あなたは　一体数億の美術品
一切を空とし　是れ　空なり
空なりです
どうか　もう見つめないで
わたしとこの一切の色を　忘れてください

31　雨　降り止まず

雨が降る
広島に　黒い雨…
　長崎に　涙の雨が…
　　そして　福島に　赤い雨が降る…
それら　雨　雨
　　　雨　降り止まず

　　　ご説明申し上げますが
　これらが燃料棒の写真　数える単位は「体」です
福4には　まだ1533体が未処理で
横たわっております

まるで遺体を数えるように
この世に開く巨大な穴へ向かって
雨がしとしとと流れ込む
ばーんと行けない
　　　　　　　しとしとと
この穴を　誰が　埋めるのだろうか？

32　仔羊のごとく　虎のごとく：ブレイクに倣って

燃料体よ！　燃料体！　あかあかと燃え
闇くろぐろのフクシマの海辺に
どんな不死の手が　おまえの怖ろしい
３Ｄ対称形の弾道体を作り得たのか？

どこの海　どこの空で　おまえの目がらんらんと
あまがける神の羽を捉え　どんなおそろしい手が
その火をあえて鷲掴みにしたのか？　どの手が
死をもたらす恐怖をむんずと掴んだのか？

星星が光の槍を投げ　空を涙で潤すとき

神は　創られたおまえを見て　微笑まれたか？
仔羊や虎を創った神が　実は　おまえを創られたのか？

燃料体よ！　燃料体！　闇のフクシマに
あかあかと燃え　どんな不死の手　どんな目が
おまえの怖ろしい永遠をあえて創ったのか？

33　ミロのヴィーナス：K・Tへの反論

たとえ美のためとは言え
両腕を失うのは　代償が大きすぎる
恋人の手を握れず
考えるための頬杖もできず
膝の上で手を組んで永遠に微笑むこともない

損傷とは　世界だけでなく
自己との交渉の拒否
媒介や思考も　すべて　拒否される——

そうか　それが　君たちの考え方か

だが　かつて完全な性と言われた男が
今や　過剰によって　不完全な存在である
女こそ　欠落が全体を完璧にする

傾きのままに厳然と屹立する欠落
孤高の美しさがそこにある

34　魂を招く

櫻の影から見えた
あれは確かに　あなたです
うす紅色の水玉模様が
天上から　こぼれ
ころころ　転がり
空中に花びらとなって開く

ああ　そんな　この世の
新しい姿になって
どうかこちらにまた来てください

光と戯れながら
花びらの　はらはらと散る
野原いっぱい
生まれ変わったあなたを見ていたい
なおも　あなたは　ぼくの魂をかきむしるから

Ⅳ　なお鎮魂を

35　あれを讃える

わたしたちは　むしろあれを讃え
あれに呼びかける　あれこそが
この地上にあって　永遠を垣間みさせる

確かに　あの姿かたちは　呪縛
あの言葉は呪詛だろう　けれどわたしたち
いつでもどこでも　あれのものです

ええ支配を耐えましょう
耐えれば　苦しみは
一瞬にすぎません

どうか　わたしたちを救って下さい
あの誘い　あの喜びが
闇を突然真昼の輝きに変える
わたしたち　生きてはあれのもの
死んでも　遂にはあれのもの

36　合意無き恋

幼稚園生の頃　毎夜9時過ぎは
ドキドキだった　お姉ちゃんが
寝ているぼくたちと箪笥の間を通って
奥の部屋に向かう時なのだ

灯りが付いて　スカートの裾が
寝たふりをしたぼくの額に触れ
一瞬　目をぱっと開けると
巨大な2本の肌色と　蓮の花のような白いものが
ぼんぼりのように　ぽかりと浮かぶ

ああ　お姉ちゃん

直ぐに目を閉じ　寝た振りをする
そのうちに眠る
そうやって　ぼくは　誰かに
合意も無くて恋をしてきた

今はもう　30歳半ば　独身
ここになお　空があり
時々　空を見上げる
そう　ここに空があるかぎり

寝たふりだったのを　お姉ちゃんは
知っていたのだろうか
ぼくは　たとえ合意が無くても
誰かを恋し続けるのだろう

37　おまえを夢みるインディアンの歌

さあ　いっしょに　あの山に座ろう
そこで　太陽が沈むのを見よう
山に座れば
夜の丸い旅人が空に立ち上がる

梟が「眠りなさい」と今夜も歌い
獣たちがみな眠る　だけど　おまえは
そこにいるかい？
もっとそばに寄り　おれたちのことを考えよう

冷たく暗く輝く彼の地で　星が音楽を奏でる

もういちど「眠りなさい」が聞こえ
夜の旅人が　星以外みな眠ったと注意する
だが　おれたち　星の行く道を進む

それから　梟も眠る　稲妻が遠くで閃く
雷がドラムを叩く　身体が眠りたがるが　おれの夢
おまえ　そこにいるんだろ？
おれたち　美しく　輝く山に座っているんだろ？

38　海辺の人：ダブルソネット1

空と海の接するところ
平衡の力に弾かれ
昼が裂け　波が裂け　岩が裂け
眼差しが空しく睨む

この空しさが私に先立つのなら
私は喜んで　哀しみに身を任せただろう
他者への思いを殺しただろう

ただただ直立する海辺の人となり
あなたのように　空の重みを耐え

海の浮力へ抗ったろう

知る者すべてが殺されて
初めて憎しみの深さが分かる
憎しみ、ですか？　誰の？　何の？
しかし　知る術も無く　水平線を見つめ続ける

ここになお　海の泡を集めて燃やし
暗く淀んだ海底の水時計
ひとつの別離　ひとつの忘却
魚を孕ませることもなく

世界を洗い流すこともなく
海辺の人よ　私のなることがない
海辺の人よ　海と空を越え

眼差しを越え
我らが不明を払い

四千の時代をついに超えよ
いつか私もあなたの血液に流れ
心臓を巡って
一瞬のカタストロフィー
光となって放たれるだろう

39　憂鬱な者へ：ダブルソネット4

はじめに終わる
私たちの旅
湖に切り立つ崖とそこに聳える城のようなもの
おまえは　すべてに優越する者だ
それがおまえの終わり
うたえ　揺れる心と
ふるわせ　空と声とを
ほら「嵐を孕んだ金色の空」だよ
「空の片目に映る孤高の世界」だよ
それがおまえの病
私たちと同じ肉体

同じ感覚への恐怖——
確かに旅の齎した
役立たずの気晴らしよ

求めたものは　ひとつの眼差し
私たちやあなたのからだを貫く
手にしたものは　無数の鏡
おまえの抉る　歪んだ切り傷

それが　おまえの始まり
残されてあるおまえの人生を
なお生きるのならば
その閉じられた窓
しめやかな内側で
背を向けた空の断片
おまえは　いつまでも　閉じられていよ

夢と散った幾つかの発端
かすかな指の震えの
私たちに伝えられるまで

40　メルヴィルの墓によせて

ぼくら　若くして　船で漂流し
友を失う　埋葬すべき墓地も無く
見知らぬ国へ流れ着き　ついに
空を見る　汽笛はもはや聞こえない
この手に残るのは　無数の別れ
失ったのは　ひとつの希望

生きるとは　いったい　何だったのか

魚たちが海の泡と遊び
鳥は　白い雲に戯れる

ぼくら　ただ　遥かなる水平線
風の湧き起こる方を見つめて
形の無い墓に　休息の立ち騒ぐを知る
刻まれた文字も　悲しみの歌も無く

おまえは　そうして　銀髪となって立ち尽くせ

41　廃墟の鐘

旅の終わりに　開かれたもの
それは　埋めるためですか　思い出すためですか
言葉を忘れ　声を認めず
風が　足早に過ぎる

廃墟を廻って
手に入るのは　太古の記憶
太陽は　昔　芸術の神様でした
あるいは　大地の母でした
それが　風の落とした灰めかし

そうです　あとひとつでも断片が見つかれば
かつての姿が蘇る　思い出すべき
遠い国の伝説　おまえの美しい眼
そう人が言ったって　それは　埋めるためですか
思い出すためですか
せめては　死者たちの吐息で語れ
廃墟の鐘よ

42　ありがとう

もしも一瞬　見つめてくれるなら
おれは　この時を捧げよう
もしも一時　手を握ってくれるなら
おれは　この一日を捧げよう
もしも一日　共に過ごしてくれるなら
おれは　この一年を捧げよう
もしも十年　共に暮らしてくれるなら
おれは　この命を捧げよう

もしも一生　共に生きるなら
おれは　この魂を捧げよう
もしも共に永遠を生きるなら
おれは――
おれにはもう　捧げるものがない
ただただ　感謝だけです

43　手押し車

秋深き告別ののち　お炊き上げのため
手押し車が　寺へと運ぶ
この30年　　大切だった夢
絹布団――　　くすんだ花柄　愛撫

鶴と亀　かつては　その刺繍に
顔を埋めて　匂いをかいだろう
今はもう　誰が　そこに
ひとの姿を見るだろう

「和尚さん　何処に置きましょか」

「そこら辺でええでしょ」
「枯れた切り花ばかり　ここら辺ですか」
「ええ　すぐ片づけましょ」

燃える　霞む　風　空に聞く
また　風　叫び　空開く

44　ついにあの方が帰られた

いつ帰られた？
　永遠に
どこへ帰られた？
　おれたちの知らない
たぶん　海と空の混じりあう
安らぎの場所に戻るためでしょう
どうやって帰られた？
　風に乗って羽を広げ　遠くへ行きました
なぜ帰られた？
　ほとほと呆れたのでしょう
なぜ帰られた？

もはや救いきれないと分かったのでしょう
残されて　おれたち　いつまでも大地に蹲《うずくま》る

45　ソネット：キーツにならって

美は　永遠の喜び　決して衰えぬ愛
ですから　しばしは　木陰の静けさ
甘い夢に溢れた眠り　とりわけ　静かな
息をください　今　死ぬ訳にはいきません
確かに　落胆や非人間的な死がある　正しい人が死に
鬱うつとした日びが続く　けれど　この不健康で
暗い現実を乗り越え　わたしたち
花輪のように絡み合いましょう
ええ　今ここを乗り越え　向こうに行くなら
黒い覆いが消えて　太陽や月　若木や老木が
優しい光と涼やかな木陰をくれる

ああ　命を超えて　魂の睦み合う場所
そこに至って初めて　永遠から伝わる水が
いつか　二人を満たすでしょう

46　あの人へ

もしも一時間後に死ぬのなら
おれは　ツバメになって
一気に
あの人のもとへ飛んでゆく

もしも一日後に死ぬのなら
おれは　鳩になって
あの人を見つめながら
一日中　回りを飛んだり歩いたりする

もしも一年後に死ぬのなら

おれは　庭師になって
花々の咲き誇る花園を
あの人のために作っていこう

もしも三年後に死ぬのなら
おれは　石工になって
大理石の彫像を
あの人のために彫り出そう

もしも二〇年後に死ぬのなら
おれは　許されて夫となって
ささやかな部屋であの人と
仲睦まじく暮らしてゆこう

だがもしも——
もしも永遠に生きるのなら
その耐え難さに　おれは　今すぐ
息が詰まるだろう

いや　もしも永遠に生きるのなら
そうだ　おれは　詩人になって
いつまでも　あの人のことをうたっていよう
そうすれば　一日も永遠も　一瞬のうちに過ぎるであろう

＊インターネット上のウェブ頁や新聞記事、書籍、先行する詩作品をさまざまに参照させていただきました。一つひとつの参照先を上げておりませんが、ここに深く謝辞を捧げます。

なお、一部引用や一部借用に関しては、堀辰雄『風立ちぬ』（50頁）、パウンド「舞い姿」（54頁）、「放射能が…」（ツイッター）（64頁）、ツェラン「疲れ」（64頁）、ブレイク「虎」（74頁）、清岡卓行『手の変幻』（76頁）、「別れた恋人たち」（アブナキ）（86頁）、キーツ「エンディミオン」（104頁）の作者また訳者へ心から謝辞を捧げます。

渡辺信二（わたなべ・しんじ）

詩集『遥かなる現在』（国文社　１９８４年）
『愛する妻へ』（思潮社　１９８９年）
『不実な言葉／まことの言葉』（書肆山田　１９９１年）
『まりぃのための鎮魂歌』（ふみくら書房　１９９３年）
Spell of a Bird (New York: Vantage Press, 1997)
『もうひとつの鎮魂歌』（本の風景社　２００２年）
『詩集　日本の論理　ジャパンの叙情』
（シメール出版企画　２０１０年）

現在　日本現代詩人会会員

詩集 アシャーの湖《みずうみ》

対馬隆《つしまたかし》のための鎮魂歌《ちんこんか》

2015年12月10日発行

著者 渡辺信二《わたなべしんじ》
発行者 森 信久
発行所 株式会社 松柏社
〒一〇二-〇〇七二
東京都千代田区飯田橋一-六-一
電話 〇三（三二三〇）四八一三（代表）
FAX 〇三（三二三〇）四八五七
メール info@shohakusha.com

装丁・組版 常松靖史［TUNE］
製版・印刷・製本 倉敷印刷株式会社

ISBN978-4-7754-0227-6